KB206628

마음을 여는 글, 마음을 담는 글

내 마음아 괜찮니?

김경난
박경자
성혜영
신경미
이순자

대경북스

1판 1쇄 인쇄 2025년 2월 10일
1판 1쇄 발행 2025년 2월 14일

지은이 김경난 박경자 성혜영 신경미 이순자

발행인 김영대
펴낸 곳 대경북스
등록번호 제 1-1003호
주소 서울시 강동구 천중로42길 45(길동 379-15) 2F
전화 (02)485-1988, 485-2586~87
팩스 (02)485-1488
홈페이지 http://www.dkbooks.co.kr
e-mail dkbooks@chol.com

ISBN 979-11-7168-077-1 03810

마음 그리고 글의 대화

마음아, 안녕? 만나서 반가워.

어, 안녕? 너는 누구니?

아, 내 소개를 하지 않았네.

나는 《내 마음아 괜찮니?》와 함께한 '글'이라고 해.

이야! 멋지다. 내 이름을 넣어 글을 썼구나.

내용도 궁금해지는데?

고마워. 지금 시간이 괜찮다면 너에 대해 우리 작가님들과
어떤 내용을 쓰게 되었는지 이야기해도 될까?

물론이지. 작가님들은 어떤 생각과 감정을 가지고 계시는지,
또 어떤 글을 쓰셨는지 궁금해.

네가 호기심을 가져주니 나도 신나!
그럼, 뿌듯함과 설렘으로 이야기해볼게.

경청할 준비 되었어. 레디, 고!

넌 참 재미있는 친구구나.
우리 작가님들은 각자 총 다섯 편의 글을 썼어.
처음 시간엔 곤충과 동물 친구를 등장시켜 갈등 상황에
어떤 선택을 하게 되는지 각자의 마음을 들여다 보았단다.

나를 들여다 보았다고?

어, 맞아. 속상하고 화나는 감정을 그대로 표현하기도 하고,
용서를 구하지 못하는 모습에 눈물을 흘리기도 했어.
떠나지 않고 기다려준 친구에게 고마운 마음을
보여주기도 했단다.

이야! 생각과 감정을 표현한다는 것,
결코 쉬운 일이 아니었을텐데 그것을 글로 쓰셨구나.

우리 작가님들의 순수한 마음 덕분에 감동적인 시간이었어.

두 번째 시간은 어떠했는지 벌써 궁금해져.

마음아, 너는 너의 미래를 예측할 수 있니?

글쎄. 매번 바뀌는 게 나라서 어려운 일인 것 같아.

그렇구나. 두 번째 글쓰기 시간, 우리 작가님들은
각자가 가지고 있는 좋은 습관을

의성어 또는 의태어로 표현하면서 습관에서 끝나지 않고
그것을 사람들에게 나눔하는 모습까지 보여주셨어.

좋은 습관과 나눔이라…. 바로 이해하기가 힘드네.

'우리는 다른 사람들을 위해 거둔 성과와 정비례하여
삶을 보상받는다.'라는 말이 있더라고.
각자의 좋은 습관을 향상시켜 다른 사람들의 삶이
더 행복할 수 있도록 나눔으로 확장된다면, 나와 너 모두
행복해질 수 있는 선순환이 이루어진다는 뜻이지.

아! 좋은 습관이 그대로 머물러 있으면 취미 생활로 끝나지만
그것을 사람들에게 나누어 주면
우리 모두의 행복을 위한다는 거구나!
정말 멋진 생각인 걸?

너도 그렇게 생각하는구나. 공감해 주어 기뻐.

빨리 세 번째 이야기를 들려 줘.

좋아 좋아.

마음아, 너는 너의 상처를 어떻게 다루고 있니?

와, 깊은 질문이구나.

상황마다 다른 것 같아.

어떤 때는 나의 상처가 성장의 원동력이 될 수도 있고

어떤 때는 열등감이나 우월감으로 표현되기도 하고.

나도 그래.

우리 작가님들은 세 번째 글을 쓰면서

자신의 상처를 직면하고 그 상처를 어떻게 할지

조금씩 노력하는 모습을 보여주고자 했어.

'당신이 원하는 생각을 반복적으로 잠재의식 속에

 깊숙이 새겨 넣으면 이 생각은 법칙에 따라

 반드시 당신을 통해 드러나게 되어 있다.'라는 말을 알고 있니?

긍정적인 생각이든 부정적인 생각이든 그것을 반복하면
삶으로 나타난다는 뜻이구나.

맞아. 이미 있는 상처를 사라지게 할 수는 없다 할지라도
그것을 성장의 친구로 삼을지 또 다른 상처를 가져오는
아픈 도구로 삼을지는 각자의 선택에 달려 있잖아.
그래서 글을 쓰며 마음을 알아차리고 깨달아가고
흘려보내는 연습을 했어.

정말 대단하다!
반드시 성공할 수밖에 없는 훈련의 시간이 되었을 것 같아.

나도 작가님들과 함께하며 깨달은 바가 많아.
네 번째 시간엔 엄마 배 속에 있는
나의 존재에 대해서까지 생각할 수 있었으니까 말이야.

엄마 배 속에 있는 나? 그건 생각해보지 못한 일이야.

그렇지? 우리 작가님들은 엄마 배 속에 있었던

자신을 상상하며 존중의 마음을 글로 보여 주었어.

편안하게 질문도 하고 있는 모습 그대로 축복도 해 주었지.

글아, 너는 참 멋진 친구 같아.

나를 진심과 함께 표현해 주잖아.

생각과 감정을 가지고 있는 마음 네 덕분이란다.

너는 모든 문제의 해결점을 가지고 있잖니.

나를 존중해 주어 고마워. 그럼, 마지막 주제는 뭐였어?

벌써 마지막을 이야기하는 시간이 되었네.

삶의 친구, 죽음에 대해 써 보았어.

죽음? 슬픈 감정이 제일 먼저 드는구나.

열심히 살았다 해도 후회와 반성을 안할 수는 없으니

그런 것 같아.

남아 있는 소중한 사람들을 생각하면 더 그렇고.

하지만 슬픈 감정을 느낄 수 있다는 것도 축복이라고 생각해.

죽음 앞에서 온기를 나누어 주고픈 사람을 생각하며

마지막 글을 썼단다.

작가님들이 여러 가지 생각과 감정을 가지게 되었을 것 같아.

작가님들의 글을 읽으며 마음 너도 독자들과 함께

공감해 주었으면 해.

그래, 그렇게.

말은 그대로 날아가 버리지만 글 너는 소중한 마음을

남겨둘 수 있는 뛰어난 강점을 가지고 있구나.

마음 네가 있기 때문에 가능한 일이야.

앞으로도 우리와 늘 함께해 주겠니?

응, 물론이지! 글 너도 나를 계속 기록해 줄 거지?

약속할게.

우리 작가님들 그리고 독자들이 있다면 가능하단다.

작가님! 그리고 독자 여러분! 부탁드릴게요.

앞으로도 마음인 저를 잘 보살펴 주시고

글로 남겨 주시면 좋겠어요.

꼭이요.

2025년 1월

책 쓰기 코치 백미정

차 례

셋, 알아차림 : 깨달아가고 있어요

넷, 존중 : 엄마 배 속에 있는 너를

다섯, 마지막 시간 앞에서 : 나의 죽음이 말했어요

하나,

마음아 괜찮니? : 두 친구

친구한테 속지 않으려고 애쓰는 것보다도 차라리

친구한테 속는 사람이 행복하다.

친구를 믿었다가 설사 친구한테 속더라도 어디까지나

나 자신만은 성실했다는 증거가 된다.

- 채근담-

이 순간

김 경 난

"우리 이제는 헤어지지 말고 함께 여행을 떠나자."

초록이 아름답게 물든 어느 봄날,

개미와 까치가 나들이를 가고 있었어요.

아주 느린 속도로 기어가는 개미의 안전을 위해

까치는 하늘 위에서 부드러운 날갯짓을 하며 날아갔어요.

까치는 친구 개미와 함께 있는 시간이 좋았어요.

"개미야, 괜찮아?"

"개미야, 기분이 어때?" 개미에게 따스한 말을 건네며,

푸른 하늘을 감상하며 날아가는 시간이 너무 행복했어요.

어느 날,

숲을 걷던 개미가 빨간 물건을 발견했어요.

"까치야, 이게 뭐야?"

개미는 까치에게 물었어요.

"응, 맛있는 사과구나."

까치는 친절하게 대답해 주었어요.

개미는 속이 상했어요.

왜냐하면 자신이 먹기에는 너무 큰 음식이었거든요.

개미는 까치를 보고 빨리 가자고 길을 재촉했지만

까치는 사과가 너무너무 먹고 싶었어요.

까치는 개미에게 거짓말을 하고 말았어요.

"개미야, 나는 이 숲길이 너무 예뻐서

 조금 더 구경하고 갈 테니 너 먼저 가고 있어.

 내가 금방 따라갈게."

개미는 까치와 헤어지기 싫었지만,

친구가 좋아하는 숲길을 잘 구경하고 오라는

인사를 건네고 천천히 길을 떠났어요.

까치는 빨간 사과를 너무 먹고 싶은 마음에

개미에게 먼저 가라고 말한 것이 미안했지만

맛있게 먹을 수 있다는 생각에 금세 행복해졌어요.

"아! 정말 맛있어. 이보다 더 맛있는 사과는 없을 거야."

까치는 흥얼거리며

빨간 사과를 맛있게 먹으며 시간을 보냈어요.

개미와 보냈던 행복한 추억도 조금씩 잊혀 갔어요.

맛있는 사과가 점점 없어지고 꼭지만 남게 되었을 때

사과 꼭지를 바라보던 까치는 혼자 남은 자신을 발견했어요.

개미 친구가 생각났어요.

'개미는 지금 어디 있을까?'

'나에게 화가 많이 나 있을 거야.'

'내가 욕심부려 다시는 찾아오지 않을 거야.'라고 생각하니

개미 친구가 너무 보고 싶었어요.

까치는 하늘을 날며 개미를 애타게 찾았지만

찾을 수가 없었어요.

눈물이 났어요.

"무당벌레야, 내 친구 개미를 보았니?"

까치는 무당벌레에게 물어보았어요.

무당벌레가 말했어요.

"개미는 너와 헤어진 후 너무 속상해서

 바위틈 사이에 숨어 있어."

그리고 자신을 그리워하며 지낸다고 이야기했어요.

까치는 개미가 더 잘 보일 수 있도록 땅과 가깝게 날았어요.

"개미야, 어디 있니? 정말 미안해!"

까치는 계속 외쳤어요.

개미는 까치가 자신을 찾고 있는 목소리를 들었어요.

"까치야, 정말 보고 싶었어."라고 대답하고 싶었지만

속상한 마음에 바위틈에 숨어

이리저리 날아다니는 까치를 지켜보고만 있었어요.

개미는 까치와 즐겁게 놀며 여행하던 추억이 떠올랐어요.

그리고 용기를 냈어요.

"까치야, 나 여기 있어. 왜 이렇게 늦게 왔어?

널 많이 기다렸어.

아름다운 숲은 잘 구경했니? 그동안 잘 지냈어?"

개미는 까치에게 반갑게 인사했어요. 그리고,

"우리 이제는 헤어지지 말고 함께 여행을 떠나자."라고

덧붙여 말했어요.

까치는 자신을 탓하지 않는 개미에게 미안했어요.

그리고 자신의 욕심 때문에 친구에게 상처를 주었는데

반갑게 맞이해준 개미가 고마웠어요.

까치는 다짐했어요.

다시는 친구와 헤어지지 않을 거라고 말이에요.

까치는 햇살 좋은 봄날 개미와 함께

다시 여행을 떠날 수 있는 이 순간이 너무 행복했어요.

"친구야, 사랑해."

누렁이와 고추잠자리

박 경 자

"내일은 저 멀리, 코스모스 핀 길로 가보자."

벼가 노랗게 익어가는 넓은 들판,

따각따각 누렁이의 발걸음에 맞추어

고추잠자리가 하늘을 날고 있었어요.

고추잠자리는 누렁이의 큰 뿔에 앉아 말했어요.

"누렁아, 들판이 노랗게 익어가니 기분이 좋지?

 하늘은 파랗고 하얀 구름이 바람에 흘러가고 있어.

 너무 아름다운 것 같아."

조용한 누렁이는 수다스런 고추잠자리를 참 좋아했나 봐요.

"응. 너랑 황금벌판을 산책하니 많이 좋아."

누렁이 등 위를 맴도는 고추잠자리를

가끔 꼬리 짓으로 토닥였어요.

두 친구의 정다운 산책은 추억이 되고 있었지요.

"내일은 저 멀리, 코스모스 핀 길로 가보자."

누렁이가 말했어요.

그때 갑자기 고추잠자리가 어디론가 날아갔어요.

아무 말도 없이 말이에요.

그리고….

돌아오지 않았어요.

누렁이는 말없이 떠난 고추잠자리를 기다리고 또 기다렸어요.

"야! 코스모스다."

고추잠자리는 코스모스 꽃길이 너무 보고 싶어

혼자 날아가 버린 거였어요.

고추잠자리는 환호성을 지르기도 하고

빙빙 원을 그리며 풍악놀이를 하기도 했지요.

그리고 벌과 나비와 어울려 놀았어요.

어느새 고추잠자리는 누렁이를 잊어가고 있었어요.

"음매음매, 맴맴아!"

누렁이가 고추잠자리의 별명을 부르며 찾는 소리도

들리지 않았지요.

하늘이 어둑해졌어요.

그제야 고추잠자리는 누렁이와 함께했던 시간들이

떠올랐어요.

"누렁아 누렁아, 어디 있니?"

잠자리는 누렁이를 찾아 날아가려고 했어요.

하지만 고추잠자리의 날개가 움직이지 않았어요.

서늘한 바람이 불어왔어요.

고추잠자리는 추위와 두려움을 느꼈어요.

"맴맴아, 정신 차려. 맴맴아!"

간신히 눈을 뜬 고추잠자리 앞에 누렁이가 있었어요.

누렁이의 얼굴에는 걱정과 반가운 마음에

눈물로 얼룩져 있었어요.

"음매음매음매음매음매."

누렁이는 고추잠자리를 기꺼이 반겨 주었어요.

고추잠자리는 미안한 마음을 감추려고
코스모스 들길 이야기를 누렁이에게 들려 주었어요.

"말없이 혼자 가지 않기."
누렁이는 조용히 말하며 미소를 지었어요.

어느새 하늘엔 둥근 보름달이 떴어요.
보름달은 아름다운 꽃 이야기와 함께하는
누렁이와 잠자리를 환히 비추어 주고 있었어요.

따뜻하고 포근한
봄 햇살을 닮아 있었어요

성 혜 영

"내가 더 가까운 곳에서 챙겨줬어야 했을까?"

따뜻하고 포근한 봄 햇살을 받으며,

개미와 기린이 놀고 있었어요.

"어? 저게 뭐지?"

파란하늘, 구름과 바람을 느끼며

기린 목에서 미끄럼틀을 타고 놀던 개미가

풀속에서 달콤하고 커다란 무엇인가를 발견했어요.

개미는 달콤하고 커다란 그것이 마음에 쏙 들었어요.

그래서 기린이 볼까 봐 풀속 사이에 숨겼어요.

좋은 것이 있으면 제일 먼저 기린에게 말하던 개미였는데

말이지요.

'기린이 궁금해하지 않을까?

 아니야, 이건 나만 가지고 놀 거야.'

개미는 기린에게 미안하기도 하고

불안한 감정이 들기도 했지만,

달콤하고 커다란 그것을 자신의 것으로 만들고 싶었어요.

그 후로 개미는 기린을 찾지 않았어요.

달콤하고 커다란 그것이 너무 좋았거든요.

그것과 함께 있으니 여왕이 된 것 같았어요.

개미는 매일 풀속에서

달콤하고 커다란 그것만 가지고 놀았어요.

기린과 미끄럼틀을 타며 함께 놀았던

시원한 바람, 파란하늘, 뭉게구름도 잊혀져 갔어요.

어느 날, 달콤하고 커다란 그것이

조금씩 변해가는 게 보였어요.

'내가 잘 가꾸어 주지 않아서 그런 걸까?'

'내가 더 가까운 곳에서 챙겨주어야 했었을까?'

개미는 달콤하고 커다란 그것의 주변에

아무것도 다가오지 못하게

풀을 묶어 벽을 만들었어요.

하지만 풀벽 사이로 다른 개미들이 와서

달콤하고 커다란 그것을 조각 내어 가져갔어요.

자꾸 작아지는 그것을 보면서

개미도 곧 사라질 것처럼 무서웠어요.

저 멀리서 기린이 바람을 느끼며

하늘 그리고 구름과 노는 모습이 보였어요.

개미는 당장이라도 기린에게 가고 싶었지만,

달콤하고 커다란 그것을 혼자 차지하려고 했던

자신의 모습이 떠올라 가까이 가지 못했어요.

"기린아, 저기 개미가 보여."

개미의 또 다른 친구, 뭉게구름이 기린에게 말했어요.

떠난 건 개미였지만

찾아온 건 기린이었지요.

'왜 기린은 나에게 물어보지 않는 걸까?

 내가 갑자기 사라진 이유가 궁금할텐데 말이야.'

개미는 기린에게 묻고 싶었지만,

용기가 나지 않았어요.

사과할 용기는 더 없었어요.

개미는 기린의 뒷모습을 보며 눈물을 흘렸어요.

그리고 개미의 마음은

따뜻하고 포근한 봄 햇살을 닮아 있었답니다.

엄마의 미소를 떠올리며

신 경 미

"괜찮아, 울지 마. 다시 너의 친구가 되어줄게."

어느 가을날 눈부신 햇살 아래 나비와 코끼리가

낙엽을 가지고 놀고 있었어요.

"어? 빗방울이야. 비가 내려."

나비는 날개에 떨어지는 빗방울을 보며 코끼리에게 말했어요.

"비가 내리는구나. 나는 이제 집으로 가야겠어."

코끼리는 시무룩한 표정으로 말하며

발걸음을 옮기기 시작했어요.

나비는 예쁜 낙엽들과 좀 더 놀고 싶었어요.

"우리 낙엽으로 우산도 만들고 집도 만들면 어떨까?

재밌을 거 같지 않아?"

나비는 신이 나서 코끼리를 따라가며 말했어요.

하지만, 코끼리는 아무 말도 하지 않고

성큼성큼 집으로 가버렸어요.

집으로 돌아온 코끼리는 엄마 사진을 보며

엉엉 울기 시작했어요.

비가 내리는 날에 돌아가신 엄마가 무척이나 보고 싶었어요.

하늘에서 내리는 비가 싫었어요.

비 내리는 날이 싫다고 이야기했는데

자신의 말을 기억하지 못하는 나비도 미워졌어요.

코끼리는 더 이상 나비를 생각하지 않기로 했어요.

나비는 코끼리의 기억 속에서 잊혀져 갔어요.

며칠이 지났을까요?

코끼리는 함께 놀던 나비가 문득 그리워졌어요.

나비를 등에 태우고 낙엽을 뿌리며 놀던 추억이 떠올랐어요.

하지만 이제 코끼리 곁에는 아무도 없었어요.

코끼리는 친구가 필요했어요.

코끼리는 밖으로 나가 친구를 찾아 주위를 헤매고 다녔어요.

'이제 나랑 놀아 줄 친구는 아무도 없어.'

집으로 돌아온 코끼리는 몸이 아프기 시작했어요.

"코끼리야, 코끼리야!"

어디선가 코끼리를 애타게 부르고 있는

나비의 목소리가 들려왔어요.

코끼리는 당장이라도 나비에게 달려나가고 싶었지만,

말없이 나비를 떠나온 자신이 부끄러워서 숨죽여 있었어요.

그때, 데굴데굴 굴러 온 빨간 낙엽이 말했어요.

"코끼리야, 왜 이러고 있어?

 나비가 너를 애타게 찾고 있단 말이야.

 자 봐봐. 나비가 너를 주려고 만든 예쁜 우산이야."

코끼리는 낙엽의 말을 듣고 기쁨의 눈물을 흘렸어요.

비 내리는 날 세상을 떠난 엄마 생각도 났지만

슬프지가 않았어요.

"코끼리야, 잘 지냈어? 내가 너를 얼마나 찾았다고.

 자, 내가 너에게 주려고 만든 우산이야. 어때?"

나비는 환하게 웃으며

코끼리에게 우산을 선물로 건네 주었어요.

코끼리는 나비에게 우산을 받으며 눈물을 흘렸어요.

"괜찮아, 울지 마. 다시 너의 친구가 되어줄게."

나비는 따스한 목소리로 말했어요.

"고마워, 나비야. 넌 정말 좋은 친구야."

코끼리는 나비와 함께 신나게 달렸어요.

엄마의 미소를 떠올리며 말이에요.

이제 더 이상 코끼리는 혼자가 아니에요.

친구 사이

이 순 자

"지금까지 여기서 나를 기다리고 있었던 거야?"

아주 먼 옛날, 나비와 토끼가 살고 있었어요.

나비와 토끼는 숲속에서 놀고 있었지요.

"어! 저게 뭐지? 따라 가 볼까?"

한참을 놀고 있는데 나비는 새로운 친구를 보게 되었어요.

호기심이 생겼지요.

숲속에 있는 다른 친구들과 같이 놀고 싶어졌어요.

"나비야, 안녕? 나는 꿀벌이라고 해. 나랑 같이 놀래?"

꿀벌이 이야기했어요.

"와! 반가워. 꿀벌아, 나도 너와 놀고 싶어.

 우리 뭐 하고 놀까?"

"저기 꽃밭으로 가보자."

나비는 숲속에 있는 꽃밭에서

꿀벌과 함께 재미있게 놀았어요.

꿀벌 친구와 꽃밭에서 노는 것은 신나고 즐거웠지요.

나비는 토끼와 놀기로 했던 약속을

까맣게 잊어버리고 말았어요.

나비는 꿀벌과 함께 하늘을 날았어요.

토끼는 나비와 놀던 곳에서 나비가 올 때까지

기다리고 또 기다렸어요.

나비는 갑자기 토끼 생각이 났어요.

"아참! 토끼가 나를 기다리고 있을텐데, 큰일났다!"

"꿀벌아! 나 토끼한테 가야겠어. 다음에 같이 놀자."

"나는 너와 함께 노는 게 좋은데 지금 가야 되니?"

"으응, 가야겠어. 미안해."

나비는 토끼와 함께 놀던 곳으로 날아갔지요.

하지만 토끼는 없었어요.

나비는 토끼를 찾기 시작했어요.

'토끼가 너무 오래 기다리다 병에 걸렸는지도 몰라.

 화도 많이 났겠지?'

나비의 마음에서 비가 주룩주룩 내리는 것만 같았어요.

"토끼야, 어디 있니? 대답해 줘!"

나비는 소리쳤어요.

얼마나 시간이 지났을까요?

토끼가 힘없이 나비가 있는 곳으로 다가왔어요.

"토끼야, 미안해. 내가 너무 늦게 왔지?

 지금까지 여기서 나를 기다리고 있었던 거야?"

"응, 오래 기다리고 있다가 힘이 다 빠졌어."

"미안하고 고마워. 다음부터는 너와 꼭 같이 다닐게.

 숲속에는 다른 친구들도 많아. 같이 놀자."

토끼도 나비가 와줘서 기뻤지요.

나비와 토끼는 서로의 마음을 이해하면서

존중해 주기로 했어요.

나비는 토끼가 오랫동안 기다려준 것이 너무 고마웠어요.

자신을 비난하지 않는 아름다운 마음도요.

친구란, 기다려주고 믿어주는 사이라는 걸 알게 된

나비의 날개가 반짝반짝 빛나고 있었답니다.

둘,

오늘 만난 내일의 나 :
좋은 습관 좋은 나눔

새로운 목표를 세우거나 꿈을 꾸기에

너무 늦은 나이는 없다.

-C.S. 루이스-

넓고 푸른 바다가 되고 싶어

김 경 난

"포근포근아, 너는 이 세상에 하나뿐인 나의 친구야. 사랑해."

해맑은 아이들의 사랑이 살금살금 다가오는 아침 시간.

"안녕하세요? 원장 선생님."

아이들이 나의 품으로 쏙 들어오는 순간,

세상을 다 얻은 듯한 기쁨이 느껴졌어요.

"우리 귀염이들, 어서 와요."

온 몸과 마음으로 아이들을 안아주면

아이들은 또 함박웃음으로 행복을 선사해 준답니다.

나의 '포근포근'은 특별한 친구예요.

왜냐하면, 아이들과 함께한 30대 시절부터

동행해 주었거든요.

힘든 시간을 보낼 때도

마음의 따스함을 느낄 수 있도록 도와주고,

더 큰 사랑을 가질 수 있도록 희망을 준 친구가

포근포근이랍니다.

노란 개나리꽃이 활짝 피어나는 어느 봄날,

포근포근이 말했어요.

"나는 너랑 함께 있어 너무 좋아. 항상 같이 있으면 좋겠어.

너와 함께 있으면 신이 나고 행복해."

나는 포근포근에게 대답했어요.

"나도 네가 있어 너무 행복하단다.

부족하지만 열심히 할게. 우리 같이 노력하자."

나와 포근포근은 항상 의지하며 시간을 함께 보냈어요.

뜨거운 태양이 내리쬐는 어느 여름날,

초록산이 보이는 작은 커피숍 창가에 앉아

포근포근이 말했어요.

"나는 넓고 푸른 바다가 되고 싶어."

"왜?"

포근포근의 마음이 궁금했어요.

"사람들이 넓은 바다를 보면 행복해하잖아.

나를 보면서도 사람들이 행복해졌으면 좋겠어."

포근포근이 대답했어요.

알록달록 잎이 떨어지는 어느 가을날,

포근포근은 샛노란 은행잎들을 하나둘 모으기 시작했어요.

예쁜 은행잎을 친구들에게 나눠줄 생각을 하니

기분이 좋아 웃음이 나왔어요.

"포근포근아, 우리에게도 노란 은행잎을 나누어 주겠니?"라고

 말하는 친구가 있어 행복했어요.

"응, 너무 예쁘지? 너에게 선물로 줄게."

포근포근은 친구들에게 은행잎을 하나씩 나누어 주었어요.

작은 은행잎 하나를 들고 행복해하는 친구를 보니

포근포근은 눈물이 났어요.

큰 나무의 열매가 아닌, 떨어진 작은 은행잎도

친구의 마음을 따뜻하게 해줄 수 있다는 것을 깨닫게 된

포근포근은 결심했어요.

외로운 친구들과 함께 하겠다고 말이예요.

함박눈이 펑펑 쏟아지는 어느 겨울날,

포근포근은 친구들로부터 감사 편지를 받았어요.

"포근포근아, 너는 나의 희망이야. 정말 고마워."

"포근포근아, 네 덕분에 나는 외롭지 않은 것 같아.

항상 함께해 주어서 고마워."

"포근포근아, 너는 이 세상에 하나뿐인 나의 친구야. 사랑해."

편지 속에는 사랑이 가득 담겨 있었어요.

포근포근은 하늘을 나는 기분이었어요.

친구들이 자신을 이렇게 좋아해 주니,

더 많은 사랑을 보여 주어야겠다고 생각했어요.

넓고 푸른 바다가 되고 싶어 했던 희망이

확신으로 바뀌는 순간이기도 했어요.

포근포근은 친구들에게 말했어요.

"친구들아! 나는 너무 행복해.

너희들도 함께하면 정말 좋겠어.

우리 함께 하지 않겠니?

이 행복한 동행을 함께 하자."

친구들아, 사랑해."

포근포근의 미소를 바라보며

나도 행복의 미소를 지었답니다.

나의 '포근포근'의 진짜 이름은 '봉사'랍니다.

방글방글이와의 동행

박 경 자

"그래서 방글방글이는
마음에 자연의 아름다움을 담는 화가가 되었어요."

투명한 햇살이 살며시 두 볼을 간지럽히며 인사를 하는
아침이에요.
방글방글이는 간식 생수 여벌 옷 가방을 챙기는 꿈을 꾸다
눈을 떴어요.

방글방글이는 초등학생 시절,
무서움과 불안 속에서 바로 서는 힘을 알아갔어요.
갑자기 아픈 다리가 회복되고 있었거든요.

매화향이 은은한 봄,
방글방글이는 환하게 웃으며 스스로에게 말했어요.
"잘 뛰어 줘서 고마워.
 사랑하고 감사해."

푸르름이 가득 물오른 여름 숲에서 방글방글이는 생각했어요.
'나는 산이 되고 싶어.'라고 말이에요.
산속에서 뛰어노는 토끼, 다람쥐 그리고 노루와 함께 춤추며
행복에 젖었어요.

도토리가 익어가고 떡갈나무 잎도 노랗게 물드는 가을,

방글방글이는 산속 도서관을 열었어요.

많은 친구가 찾아왔어요.

책도 읽고 자연보호 활동도 하였어요.

깨끗해진 계곡에 단풍잎들이 "사이좋게 지내요."라며

속삭이는 듯했어요.

소복이 눈이 내린 겨울날, 방글방글이는

숲속 친구들을 찾았어요.

어머나!

아름답게 핀 상고대 아래,

포근하게 동면하는 산속 친구들을 보았어요.

방글방글이는 마음 깊숙한 곳에서 차오르는

벅찬 감동을 맛보았어요.

방글방글이는 문득 깨달았어요.

자신을 지키는 수문장 덕분에,

건강을 가져다준 자연 속 친구들 덕분에,

꿈이 같은 동행자들 덕분에,

사계절의 변화를 오롯이 느끼며

서로 행복을 나눌 수 있었다는 것을요.

그래서 방글방글이는

마음에 자연의 아름다움을 담는 화가가 되었어요.

방글방글이의 이름은 '등산'이랍니다.

나의 송송송

성 혜 영

"달콤이를 생각하는 너의 마음이 너무 예쁜 것 같아."

냉장고 옆 싱크대 앞.

'송송송'이 함께 하는 시간,

창문으로 비치는 햇빛을 받는 시간.

"언니야, 고마워."

나는 주말마다 친정같은 큰언니네 가게에 갔어요.

언니는 엄마가 해줬던 묵은지말이를 반찬통에 담아

내가 바로 먹을 수 있게 준비해 두었어요.

묵은지말이 한 조각이 입속으로 들어가니

고소하고 새콤한 가족의 맛이 느껴졌지요.

우리 달콤이들(어린이집 아이들)에게

그 맛을 느끼게 해주고 싶었어요.

언니에게서 묵은지 한 통을 받아왔어요.

흐르는 물에 묵은지를 씻고

고슬고슬 밥에 참기름을 한 숟가락 넣어 비볐어요.

묵은지를 쫙 펴서

참기름에 비빈 밥을 올리고 동글동글 말았어요.

기분이 참 좋았어요.

파릇파릇한 새싹이 아침을 깨우는 봄날, 송송송이 말했어요.
"혜영아, 달콤이를 생각하는 너의 마음이 너무 예쁜 것 같아."

뜨거운 태양이 내리쬐는 여름,
바람결에 춤추는 빨래를 보면서 송송송은 생각했어요.
'하얗고 뽀송뽀송한 빨래처럼
나도 깨끗한 마음을 갖고 싶어.' 라고요.

높은 가을 하늘 아래, 천지가 알록달록 옷을 입은
가을날이 되었어요.
송송송은 가을 소풍 도시락을 준비하고 있었지요.
빨간색, 초록색, 연두색, 노란색의 밥을 해서 김을 식힌 뒤
참기름과 소금으로 간을 해서 주먹밥을 만들었어요.
메추리알을 삶아 껍질을 까서
하얗고 매끈한 알맹이도 준비했어요.
브로콜리는 작게 잘라서 뜨거운 물에 데쳐 놓았고요.

소시지는 달걀말이 속에 자리 잡아

별모양 틀에서 별 모양을 만들어 가고 있어요.

드디어 달콤이가 먹을 가을소풍 도시락이 완성되었어요.

오늘은 달콤이 친구들과 행복한 시간을 보낼 거예요.

어느새 따뜻한 코코아와 군고구마의 온기가 정겨운

겨울이 되었어요.

송송송은 군고구마의 냄새를 맡으며

달콤이와 함께 먹으면 좋겠다는 생각을 했어요.

'나는 어린이집 원장이다.

아이를 존중하고 사랑하는 원장이 되는 것은 나의 사명이다.

아이들이 다양한 체험을 할 수 있도록

환경을 만들어 주는 원장,

달콤이들의 첫 무릎교사가 되어주는 나는 원장이다.'

나는 송송송의 행복한 미소를 보며 다시금 다짐했지요.

달콤이들에게 건강한 음식을 요리해주며

행복을 깊이 느끼고 있답니다.

송송송은 나의 마음과 함께하고 있었어요.

나 혼자가 아닌 달콤이들과 함께 음식을 나누고 사랑을 먹고

같이 놀면서 배움을 주는 것이

진정한 행복이라고 깨달아가고 있었지요.

나의 송송송은

달콤이들을 사랑하는 마음으로 만드는 '요리'랍니다.

너듬을 타기 시작했어요

신 경 미

"나도 너처럼 다른 사람들을 즐겁고 행복하게 해 주고 싶은데…."

따스한 조명 아래, 프릴 달린 앞치마를 입고 커피향을 맡으며 초록이, 노랑이, 빨강이, 주황이와 함께 '말랑말랑'은 리듬을 타기 시작했어요. 춤의 시간이에요.

말랑말랑은 그들의 환한 웃음과 행복을 생각하니 더더욱 신이 났어요.

욕쟁이 외할머니는 일명 동네 고모였답니다. 하루도 빠짐없이 매일을 말랑말랑과 함께 동네 잔치를 열었지요. 귀빠진 날엔 길쭉길쭉 흰색, 빛깔 좋은 치자빛의 자태를 뽐내는 잔치를 열었어요. 보슬보슬 비 내리는 날엔 고소한 잔치, 무더운 여름날엔 얼음 동동 사각사각 잔치를 열어 동네 사람들은 한자리에 모여 하하호호 즐거웠지요.

고사리 손으로 잔치를 돕는 어린 소녀는 이때부터 말랑말랑을 좋아하게 된 것 같아요.

벚꽃이 흐드러지게 핀 봄날, 말랑말랑은 말했어요.

"경미야, 넌 나를 설레게 해."

졸졸 시원한 계곡에서 발을 담그고 있던 여름, 말랑말랑이 '나도 너처럼 다른 사람들을 즐겁고 행복하게 해 주고 싶은데….'라고 속삭이는 듯했어요.

가을바람이 솔솔 부는 날, 낙엽이 흩날리는 공원에 소풍을 온 말랑말랑은 파티를 준비했어요. 벤치에 앉아 화병에 예쁜 들꽃을 꽂고, 김밥, 유부초밥, 샐러드, 샌드위치, 과일, 차 그리고 정성껏 구운 쿠키까지 정갈하게 차려 놓았어요. 그리고 함께 온 친구들을 불렀지요.
친구들은 폭신한 낙엽을 방석 삼아 동그랗게 모여 앉았어요. 서로 좋아하는 음식을 주거니 받거니 나누며, 깔깔깔 웃음꽃을 피우다 보니 시간 가는 줄도 몰랐답니다.

겨울이었어요.
타닥타닥 소리가 나는 모닥불 앞에 친구들과 둘러앉은 말랑말랑은 갑자기 눈물을 흘렸어요.
룰루랄라 콧노래를 부르며 마음을 나누고 진정한 대화를 나눌 수 있는 사랑하는 이들이 곁에 있어서 정말 행복했거든요.

싹뚝싹뚝, 지글지글, 보글보글, 뚝딱뚝딱, 말랑말랑은 행복 전
도사가 된 것 같았어요.

말랑말랑은 매달 마지막 주 금요일에 실버타운에 가서 멋진
파티를 하기로 다짐했어요. 파티 생각에 가슴은 콩닥콩닥 뛰
었고, 욕쟁이 외할머니의 넉넉함과 훈훈함이 떠올랐어요. 장
바구니는 어느새 가득해졌고 초록이, 노랑이, 빨강이, 주황이
는 벌써 리듬을 타기 시작했어요. 오늘도 따스한 조명 아래
프릴 달린 앞치마를 입고 커피향을 맡으며 춤을 추는 말랑말
랑은 기쁘고 행복했어요.

나의 '말랑말랑'은 요리랍니다.

깨닫게 되었어요

이 순 자

"어머! 정말 신기하다. 불안한 마음이 없어졌네."

삼색 볼펜과 노트북을 준비해서 시계를 쳐다 보아요.

지금은 나의 '뭉게뭉게'와 함께 하는 시간입니다.

뭉게뭉게는 나의 어린 시절,

불안하고 안타까운 마음을 달래주는 친구였지요.

혼자 있을 때 흘렸던 눈물을 닦아주기도 하고

희망과 용기를 선물로 주기도 했어요.

길가 민들레가 피어있는 아름다운 어느 봄날,

뭉게뭉게가 말했어요.

"순자야, 너와 함께 있는 시간이 너무 좋아.

 혼자 있으면 심심하거든."

"아, 그러니? 나도 너랑 같이 노는 시간이 너무 재미있어."

초록빛 우거진 나무 그늘에서

뭉게뭉게는 이런 생각을 했지요.

'나는 훌륭하게 자라서 엄마를 도울 거야.

 그리고 가난한 사람들을 많이 도울 거야.'라고 말이에요.

알록달록 단풍이 예쁘게 물든 가을날,

뭉게뭉게는 친구들과 함께 뛰어 놀고 싶었어요.

술래잡기도 하고, '무궁화 꽃이 피었습니다' 게임도

하고 싶었지요.

그때 가을바람이 불어왔어요.

곱게 물든 단풍잎들이 길가에 내려앉았어요.

뭉게뭉게는 친구들에게 나누어 주려고

예쁜 단풍잎들을 모으기 시작했어요.

초록, 주황, 빨강, 노랑 단풍을 한가득 들고 집으로 왔어요.

뭉게뭉게는 다른 친구들에게 단풍잎을 선물해 주었어요.

회색 구름이 하늘을 잔뜩 덮고 있는 추운 겨울날이 되었어요.

하얀 눈이 펑펑 내릴 것만 같았지요.

나는 지난날을 기억해 보다가 놀라운 것을 깨닫게 되었어요.

마음속에 있던 불안함과 안타까움이

사라진 것을 알게 되었지 뭐예요!

'어머! 정말 신기하다. 불안한 마음이 없어졌네.'

뭉게뭉게와 함께 하는 시간이

너무 재미있고 즐겁기 때문인 것 같아요.

나는 내가 깨닫게 된 것과 뭉게뭉게를

친구들에게 이야기하고 싶었어요.

나의 친구들도 행복하고 즐겁게 지냈으면 좋겠거든요.

그리고 나의 존재 이유가 이렇게 가치 있다는 것을

알게 되었기 때문이지요.

뭉게뭉게 또한 자신의 이름처럼 꿈과 비전이

뭉게뭉게 떠올랐어요.

나의 '뭉게뭉게'의 진짜 이름은 '배움'이랍니다.

셋,

알아차림 :
깨달아가고 있어요

행복은 나비다.

당신이 쫓아다니면 늘 잡을 수 없는 곳에 있지만,

조용히 앉아 있으면 당신에게 내려앉을지도 모른다.

-나다니엘 호손-

전나무 꼭대기에서
슬픔을 바라보는 엄마에게

김 경 난

"너는 참 좋겠다. 엄마와 함께 있어서."

어린 시절, 용기 없고 말도 잘 못하고 겁도 많았던 아이.

특별히 잘하는 것 없는 아주 평범한 아이로

친구들 사이에서 조용하고 얌전한 아이로 통했어요.

슬픔이는 그러했어요.

'나는 뭘 좋아하지?'

'내가 잘하는 것이 뭐지?'

슬픔이는 수많은 질문을 던졌지만,

자신의 생각을 잘 표현하지 못하는

의기소침한 모습이 싫었어요.

엄마를 향한 진심을 보여주는 것도 힘들었지요.

엄마 그리고 오빠 둘과 살면서 슬픔이는 엄마가 불쌍했어요.

어린 나이에 시집 와 고생만 하신 엄마!

엄마는 매일 일을 하셨어요.

노점상에서 배추 장사도 하시고

먼곳에 가서서 물건을 가져와 팔며

힘들게 삼 남매를 키우셨어요.

슬픔이는 오빠들과 나이 차이가 많아 사랑을 많이 받았어요.

조금 실수해도 아무도 야단치지 않았어요.

하지만 힘든 엄마를 보며 마음 아파했어요.

'힘든 엄마를 위해 내가 뭘 하면 좋을까?' 생각할 때마다

아무것도 할 수 없는 자신이 답답했어요.

마음 한 구석이 허전해 오면서

무엇이든 잘해야 된다는 마음의 소리에 무척 힘들어했어요.

"나는 더 잘 할 거야. 더 잘할 수 있어.

 그래서 힘든 엄마를 도와드려야 해."라고 다짐도 했지요.

하지만 마음먹은 대로 일은 이루어지지 않았고

몸과 마음은 점점 힘들어졌어요.

공부를 하다가 힘이 들어 방에 누워 거울에 비친 모습을 보니

눈물이 흘렀어요.

'불쌍한 우리 엄마, 나를 위해 고생하시는데

 나는 해줄 것이 없네.'라고 생각하니

몸을 일으킬 수가 없었어요.

엄마를 위해 아무 것도 할 수 없는 자신이 미워

한동안 움직일 수 없었던 거예요.

일을 마치고 돌아오신 엄마는

무슨 일이냐고, 왜 그러느냐고 걱정하고 달래셨지만

슬픔이는 아무런 대답을 하지 못했어요.

이틀동안 아무것도 하지 않고 누워 있었어요.

엄마의 정성 어린 보살핌 덕에 다시 일어나 학교에 갔지만

친구들과도 어울리지 않았어요.

그렇게 며칠을 지난 어느날,

학교를 마치고 집으로 돌아오는 길에 친구가 말했어요.

"경난아, 너는 참 좋겠다. 엄마와 함께 있어서."

친구는 소리 내어 울었어요.

"왜 그래? 무슨 일 있어?"

슬픔이는 친구의 어깨에 손을 얹으며 물었어요.

"우리 엄마가 아파서 병원에 계신대.

 어쩌면 엄마와 이별해야 된대. 나 이제 어떻게 해?"

슬픔이는 울먹이는 친구를 꼭 안고 달래 주었어요.

"너무 걱정 마. 분명히 괜찮아지실 거야."

슬픔이의 마음이 왠지 급해졌어요.

빠른 발걸음으로 집으로 갔어요.

아직 오지 않는 엄마를 기다리며

청소도 하고 공부도 하면서 마음을 추스렸어요.

대문 열리는 소리가 들렸어요.

오늘도 지친 모습과 함께 방으로 들어오는 엄마를

슬픔이는 꼭 껴안았어요.

"엄마, 내가 잘할게. 아프지 마. 엄마가 있어 너무 좋아."

엄마는 무슨 일이 있냐고 물었지만

아무 일 없다고 대답했어요.

한동안 엄마를 꼭 안고 있었지만

마음은 괜찮아지지 않았어요.

엄마를 생각하는 마음은 더 절실해 졌어요.

"엄마를 위해 더 열심히 노력할 거야."라고 다짐한 이후

슬픔이는 엄마를 도우려고 최선을 다했어요.

어른이 된 슬픔이는 행복한 가정을 꾸리기 위해

온 힘을 다했어요.

엄마와 오랜 시간 함께했고 제법 인정받는 삶을 살고 있지만

아직도 엄마를 그리워하고 있어요.

'엄마는 하늘을 훨훨 날아 멀리 가고 싶다.'라고 말했지만

슬픔이는 엄마를 떠나 보낼 수 없었어요.

엄마는 슬픔이의 집 앞 큰 전나무 꼭대기에서

슬픔이를 지켜보며 살고 있어요.

슬픔이는 항상 엄마를 볼 수 있어 너무 좋아요.

아침에 출근하면서, 하루일을 끝나고 집에 들어가면서

엄마에게 인사해요.

엄마! 감사합니다.

엄마의 힘든 삶 속에서도 삼 남매와 함께 해 주신 덕분에

어려운 시절을 보내고

지금 내가 좋아하는 일을 할 수 있어요.

행복한 봉사도 하고 손주의 재롱을 매일 볼 수 있는

삶을 살 수 있도록

항상 나를 지지해 주신 엄마에게 감사를 전합니다.

전나무 꼭대기에서 나를 지켜보고 계실 엄마에게

하고 싶은 말이 있어요.

엄마! 보고 싶어요.

사랑해요.

다음 생에도 엄마 딸로 태어나고 싶어요.

매화향

박 경 자

"아무것도 할 수 없는 자신을 일어나게 해 달라 빌었어요."

"두려움 너, 또 맞고 들어왔나?

 집에 들어오지 마라."

두려움은 마루청에서 들려오는 고함소리에 울음조차 삼킨 채

변명도 못 하는 꿀 먹은 벙어리가 되었어요.

두려움은 가끔 이런 말을 들을 때마다

비와 추위에 오들오들 떨고 있는 작은 새가

되는 것 같았어요.

아버지의 노여움을 피해 종종 옆집 절구통 뒤에 숨었어요.

아버지가 잠들길 기다리며

몸이 콩알만 하길 바랐던 적이 많았답니다.

'지면 안 돼. 이기고 와.'

마음에 새겨진 말 때문에 힘겨루기에서 무조건 이기고

잘해야만 살아남겠다 싶었어요.

아버지는 왜 화를 낼까 하는 단순한 생각도 못해 보았지요.

몸도 작게 하고 눈도 감고 귀도 막아야만

살 수 있을 것 같았어요.

불안과 공포에서 벗어나기 위한 처절한 몸부림을 시작했어요.

두려움은 집중하는 일에 능숙해지고

성실함과 노력을 실었어요.

집에 들어오지 말라는 가시같은 말에서 벗어나기 위해

울지 않고 강한 척, 힘이 센 척, 뭐든 잘하는 척하며

아버지 마음에 드는 딸이 되려고 하였어요.

두려움은 외로움을 맛보고 경계를 만들어

적당히 어울리는 정도로 모든 삶에 선을 긋는

자신을 발견하고는 놀랐어요.

하지만 사랑의 벌이라고 미화된 폭언 앞에

불복종할 수는 없었어요.

공포의 날을 견디기 위해

두려움은 매일같이 자신과 전투를 벌였어요.

시간이 흘러 두려움도 어른이 되었지요.

이제는 좋은 일만 생길 줄 알았어요.

그런데 어느 날부턴가 성실했던 두려움이

아무것도 하지 못하고 허우적거리는 모습을 보았어요.

소리 없이 우는 날도 많아졌어요.

손가락을 까닥할 힘조차 없었어요.

숨만 헐떡이던 두려움은

그냥 이대로 누워만 지내면 좋겠다는 생각이 들 정도였어요.

자신이 허수아비로 변한 것 같았어요.

아무것도 할 수 없는 자신을 일어나게 해 달라 빌었어요.

그러던 어느 날,

라디오에서 흘러나오는 뉴스를 듣고

두려움은 눈이 번쩍 뜨였어요.

갑자기 "난 할 수 있어." 자신과 대화를 나누던 순간이

기억났던 거예요.

나에게도 보석같은 찰나가 있었다니,

나도 할 수 있다니,

두려움은 기쁨에 사로잡혀 펄쩍펄쩍 뛰었어요.

이제 두려움은,

하루를 찬찬히 돌아보며 자신을 격려해요.

끝없이 자유롭게 공부하고

등산도 하고 여행도 한답니다.

친구들과 수다 떨며 마음을 열어주기도 했지요.

두려움의 마음에 시원한 바람이 불어오네요.

매화향이 놀러온 것 같아요.

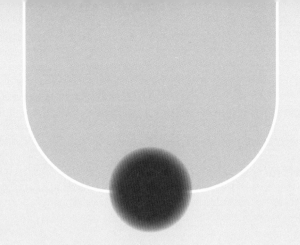

황당이의 코

성 혜 영

"희망과 위로의 말을 건넨 사람들이 더 많았음에 감사하다."

황당이는 책읽기를 좋아했어요.

어린 시절, 거의 매일 서점을 들락거릴 정도였지요. 서점주인 명선 아주머니는 황당이를 예뻐하셨어요. 명선 아주머니가 황당이의 큰언니에게 말했어요.

"황당이는 예쁜 얼굴에 코가 낮아서 얼굴을 베렸다(버렸다)."

명선 아주머니와 큰언니에게 이런 말을 들을 때마다 황당이는 '흥! 치!' 거리며 얼굴을 돌렸어요. 내 얼굴이 어떠냐 따지고 싶었지만 억울한 마음을 애써 외면했어요. 황당이는 서점 가는 횟수가 차츰 줄어들더니 서점이 보이지 않는 다른 길로 돌아서 가기도 했어요.

큰언니는 황당이에게 콧대를 세울 수 있는 방법을 알려주었어요. 황당이는 생각했어요.

'콧대만 더 높으면 미스코리아처럼 예쁜 얼굴이 될 수 있는 거야.'라고 말이에요.

빨래집게를 벌려 그 사이에 휴지를 도톰하게 넣고 콧등을 집어주는데 코가 아파서 눈물이 찔끔 났어요. 황당이는 거울로 빨개진 코를 보면서 미스코리아가 되는 상상을 했어요. 그러

면 기분이 조금 나아지기도 했어요. 황당이는 코가 오뚝해 졌
는지 계속 거울을 보는 것이 습관이 되었어요.

중학생이 되면서 거울 보는 시간이 차츰 줄어들었어요. 버스
로 다섯 정거장이 걸리는 곳에 학교가 있었어요. 황당이는 수
업을 마치고 지름길을 통해 집으로 걸어왔어요. 집에 도착하
면 교복을 입은 채로 잠들기 일쑤였지요. 저녁을 굶고 초저
녁에 잠이 들어 늦은 밤에 깨어났어요. 애국가가 나올 때까지
텔레비전을 보고 다시 잠을 자는 것이 일상이 되고 말았어요.

걸어서 중학교를 다니다 보니 같은 방향으로 가는 길동무가
생겼어요. 단짝 친구는 만화 가게 단골이었어요. 중간고사 마
지막 날, 길동무와 함께 만화 가게에 가보았어요.
《유리 가면》1편 만화책을 나에게 주었어요. 처음 만져보는
만화책이었어요. 손바닥만 한 《유리 가면》1편을 스펀지가 물
을 흡수하듯 순식간에 읽어내려갔어요. 황당이는 예쁘고 큰
눈을 가진 주인공의 매력에 풍덩 빠지고 말았어요. 큰 눈, 작
고 앙증맞은 코, 가느다란 입술을 보면서 콧대가 높아야 다

예쁜 건 아니라는 걸 알았어요.

지업사(도매 벽지, 장판 등 실내 인테리어)를 운영하셨던 부모님 가게에는 연도가 지난 벽지 샘플책이 쌓여있었어요. 황당이는 가게 다락방에서 벽지 샘플 책 뒷면에 만화를 그리기 시작했어요. 황당이는 거울을 볼 때 낮은 코가 늘 먼저 보였지만 만화를 그릴 때에는 주인공 눈은 크게, 코는 작게, 입술은 가느다랗게 자세히 그렸어요. 만화에서 얼굴을 그릴 때 높은 코는 잘 그릴 수 없다는 것을 알면서 위안을 삼기도 했어요. 만화를 그리면서 마음이 편안해졌어요.

어른이 된 황당이는 이제 알고 있어요. 진짜 미스코리아는 마음이 예쁜 사람이라는 걸 말이죠. 그리고 기억을 떠올려보아요. 황당이에게 희망과 위로의 말을 건넨 사람들이 더 많았음에 감사해요.
황당이의 코는 자신에게 있는 다양한 생각과 감정을 알아차리고 좋은 것들을 선택할 수 있는 기회를 주었어요.

캔디의 변화

신 경 미

"겁 없이 부딪치고 산산이 부서져도 다시 웃는 네가 좋아."

"캔디는 지 엄마를 꼭 빼닮았어."

캔디는 이 말을 들을 때마다 마음이 조마조마하고 개미처럼 작아지는 것 같았어요.

'나는 남동생 아니, 그 누구보다도 똑똑해져야 해. 잘난 사람이 되어야 무시당하지 않고 인정받을 수 있을 거야. 그래야 나 자신을 지킬 수 있단 말이야.'

캔디는 가족들에게 사랑받고 인정받기 위해 모든 것을 잘하려고 열심히 노력했어요. 하지만 때때로 걱정과 두려움에 떨기도 했었지요. 사람들의 눈치를 보거나 관심을 끄는 행동을 하기도 했어요. 사람들의 감정을 일일이 다 헤아리려고 노력했고 원하는 것을 다 해주려고 하는 애씀이 몸에 베이게 되었지요.

결국 캔디는 자신을 잃어가며 오지랖만 넓은 어른이 되고 말았어요.

어느 날부터인가 캔디는 엄마 아빠가 미워지기 시작했어요.

아니 가족들 모두가 미워졌어요. '차라리 그때 나를 서울로 입양시키지.' 입양을 보내지 않겠다고 캔디를 등에 둘러업고 도망갔던 외할머니를 원망하기도 했지요.

캔디는 가족들과 집에 있는 시간보다 밖에서 친구들과 지내는 시간이 더 즐거웠어요. 집에 있으면 답답하고 짜증이 나던 캔디는 틈만 나면 친구들과 약속을 잡거나 밖에 나갈 구실을 만들곤 했지요. 친구들은 캔디의 얘기를 들으며 웃어 주었고 캔디를 아무런 이유 없이 그냥 좋아해 줬어요. 친구들을 만나는 시간이야말로 숨통이 트이고, 살아있다는 느낌을 주었어요. 그래서 집에 있는 시간이나 친구 없이 혼자 있는 시간이 더욱 더 두려워졌어요.

친구들과 함께 하는 캔디는 더 크게 더 많이 웃는 아이가 되어버렸지요. 마음을 숨긴 채 항상 과장되게 웃는 캔디를 그냥 좋아해 주는 친구들이 고마웠어요. 그러던 어느날, 영화 속 주인공이 캔디에게 속삭였어요.
"캔디야, 나는 네가 캔디라서 좋아. 겁 없이 부딪치고 산산이 부서져도 다시 웃는 네가 좋아." 그 말을 듣는 순간, 캔디의 눈에서 또르르 눈물이 흘렀어요.

가끔 외롭고 불안해질 때도 있지만, 친구들이 곁에 있다는 것이 얼마나 큰 행복인지 깨닫는 순간이었어요. 캔디는 그때부터 마음 속에 용기와 자신감이 조금씩 자라기 시작했어요.

"캔디는 지 엄마를 꼭 빼닮았어."라는 말을 들어도 눈 하나 꿈쩍하지 않고 당당해졌어요. 캔디는 캔디니까요. 나는 나니까요.

어른이 된 캔디는 아직도 혼자만의 시간을 두려워하고 분주하답니다. 누군가를 만나 대화하고, 도와주고, 함께 부대끼는 시간 속에서 자신이 살아있음을 증명하듯이 말이에요. 하지만 이제 조금씩 자신만을 위한 시간을 만들어 가고 있어요. 혼자 집에 있기, 혼자 밥 먹기, 혼자 영화 보기, 혼자 카페 가기, 혼자 여행 가기, 혼자 생각하기, 혼자 글쓰기 등 오롯이 자신만을 위한 시간을 자주 갖게 되었지요. 특히, 카페의 구석진 자리에서 자신과 대화하는 시간이 가장 소중하고 행복하다는 사실을 알게 되었답니다. 그리고 이렇게 속삭입니다.

"너는 충분히 괜찮은 사람이야. 지금처럼 너답게 잘 살아온 너를 칭찬해."

외로웠던 캔디는 뿌듯한 캔디가 되어가고 있었어요.

얼마나 고마운지 몰라요

이 순 자

"조금 부족해도 괜찮아. 잘 살아왔다는 것을 내가 알잖아."

"우울아, 너 다리 밑에서 주워왔어. 몰랐지? 너의 엄마는 계모란다."

삼촌한테 이런 말을 들을 때마다, 우울이는 몸과 마음이 비에 젖은 강아지처럼 슬펐어요.

"아니야, 아니야! 우리 엄마가 진짜 엄마야. 아앙!"

삼촌은 조카가 엉엉 울면서 소리치는 모습을 보며 더 귀엽다고 놀렸지요.

그때부터 우울이는 엄마에게 심한 애착이 생겨버렸어요. 잠을 자다가도 엄마가 옆에 있는지 없는지 확인하게 되었고 엄마가 보이지 않으면 옆집, 윗집, 아랫집으로 엄마를 찾으러 다니기도 했어요. 불안한 마음을 잊기 위해 엄마에게 더 인정받고 칭찬받으려고 애를 썼지요.

인정과 칭찬의 욕구는 공부를 할 때나 일을 할 때, 심부름을 할 때도 따라다녔어요. 우울이는 '내가 욕심이 많은 걸까?' 라는 생각도 들었어요.

결혼을 하고 두 자녀를 키우고 있던 어느 날, 우울이에게 이

상한 증상이 나타나기 시작했어요. 쉴 틈이 없는 바쁜 일정 때문에 피곤함이 파도처럼 몰려왔어요. 걱정이 겹칠 때에는 '초조함'이라는 불청객까지 와서 생활이 더 힘들어졌어요.

집안일과 어린이집 운영도 쉽지 않은데 마음까지 힘들어지니 모든 일에 의욕이 점점 사라지고 있었어요. 아이들과 함께 지내는 것이 즐겁고 기뻤지만 말이에요.

'하나님! 저 너무 힘들어요. 몸도 피곤하고 마음도 불안하니까 의욕이 없어져요. 어찌하면 좋을까요?'

우울이는 이불 밖에도, 집 밖에도 나오고 싶지 않았어요. 하지만 귀엽고 예쁜 아이들이 기다리고 있으니 힘을 내기로 했지요. 몸과 마음에 휴식이 필요했어요. 바쁜 일상을 내려놓고, 스스로를 위로하고 격려하기로 마음먹었어요.

길가에 풀잎과 나무들에게 말을 걸어보기도 하고, 파도가 넘실거리는 바다를 바라보면서 마음을 보듬어 주기도 했어요. 멈춤의 시간은 변화와 성장을 위해 반드시 필요했어요.

'조금 부족해도 괜찮아. 잘 살아왔다는 것을 내가 알잖아.'

가끔씩 찾아오는 아픈 생각과 감정을 거부하지 않고, 쉼을 통해 마음을 토닥여 주는 이 시간이 얼마나 고마운지 몰라요. 있는 모습 그대로 감정을 바라봐 주고, '오늘도 수고했어.'라고 할 때 우울이도 살짝 미소를 보여주네요.

환경을 탓하지 않고 자신을 있는 모습 그대로 인정하고 사랑한다면 긍정과 배움의 기쁨이 찾아온다는 것을 깨달아 가고 있는 요즈음이랍니다.

넷,

존중 : 엄마 배 속에 있는 너를

아이가 인생의 어두운 면에서 구원받을 때마다,

우리 중 하나가 아이의 삶을 변화시키기 위해 노력할 때마다,

우리 자신의 삶에 빛과 치유가 더해집니다.

-오프라 윈프리-

정말 멋져

김 경 난

"참 행복한 삶을 살았다고 말할 수 있는 네가 되길 바랄게."

아가야, 아가야, 나의 아가야.

너는 성장하고 있구나.
동그란 눈으로 세상을 바라보고,
조그만 코로 냄새를 맡으며
앵두 같은 입술로 이 세상의 맛을 즐기고,
너의 손과 발은 사랑을 선물해 주는
멋진 존재가 되면 좋겠구나!

아가야,
'소망하는 일이 이루어지려면 어떻게 하면 좋을까?
 소망을 이루기 위해 어떤 동반자와 함께하면 좋을까?'
항상 생각하렴.
그리고
세상에서 가장 소중한 것을 얻기 위해서는
많은 사람과 대화하며 공감해 주는 노력이
필요하다는 것도 말이야.

이렇게 말하고 있지만

아가야, 정말 미안하구나.

축복과 사랑 속에 태어나면 좋을텐데

모두가 행복한 가정에서 태어나지는 않는단다.

그리고 항상 좋은 일만 있는 것도 아니고

나쁜 일만 있는 것도 아니란다.

아가야,

네가 세상으로 오면 엄마, 아빠의 다정한 모습은

보지 못할 거야.

그래서 많은 원망도 하게 될 테고.

속상해서 눈물을 흘리는 날도 많겠지.

아픔이 너의 성장에 고통을 주어 힘들게 할 수 있지만

단단함으로 다가올 수도 있을 거야.

아가야,

너의 행복함이 무너지지 않도록 나는 노력할 거야.

그리고 항상 옆에서 응원하며 지지할 테니

너무 걱정하지 않아도 된단다.

세상은 험난하지만 좋은 사람이 많다는 것도

알려주고 싶구나.

좋은 사람들이 너를 지지해 줄 것이고

행복감을 느끼게 해 줄 거란다.

아가야,

너는 많은 사람을 위해 행복한 봉사를 하며

귀한 일을 하는 사람이 되어 있을 거야.

봉사를 위한 너의 행동은 항상 타인에게 소중함을 주는

시간이 될 거란다.

아가야,

너를 만나게 되어 너무 행복해.

너의 탄생으로 우리 집 분위기는 달라졌고,

엄마는 더 많은 용기를 낼 수 있었어.

세상에 태어나 많은 사람을 위해 봉사하는 멋진 사람이 되어

행복한 삶을 살아가길 진심으로 기원하고 있단다.

아가야,

너의 멋진 삶이 끝날 때

참 행복한 삶을 살았다고 말할 수 있는 네가 되길 바랄게.

수많은 난관을 헤치고

세상에 태어나기 위해 성장하고 있는 너는

정말 정말 멋진 사람이란다.

아가야, 아가야, 나의 아가야,

이 세상 누구보다도 사랑한다.

빛나는 보석

박 경 자

"정도를 걸으며 선한 일을 하고
만족의 노래를 부르며 살아가길 빌어 줄게."

아가야!

너는 신비한 보석을 닮아 있구나.

엄마가 일하시다 허리를 펴면

발로 툭툭, 엄마 배를 차기도 하는구나.

'무슨 일이지? 세상 밖이 궁금해.'

마음을 보여주고 싶었나 봐.

아가야!

세상에 와서 어떤 일을 하며 살려고 하니?

가난한 마음과 부자 마음을 헤아리며

깊이 있게 세상을 살아갈까?

네가 중요하게 생각하며

세상을 향해 저축하는 일은 무엇이 될까?

좋아하는 사람들과 평생 의좋게 잘 살아갈 수 있을까?

칠십에 다다르면 얼마만큼 성과를 거두고

얼마만큼 미소 지으며 살게 될까?

아가야!

집안에서 나는 시끄러운 소리에 놀라

아픈 가슴으로 살게 해서 미안해.

찢어지는 가난에

가족과 일찌감치 헤어지는 슬픔으로 힘들 거야.

진학 꿈이 좌절되어 배움에 대한 갈증도 심하게 느끼며

괴로워할 거야.

아가야, 미안해.

샛별처럼 환대받으며 태어났다던 너에게

아픈 사연을 얘기하게 되네.

아픈 동생으로 인해 혹독한 빈곤의 울타리 속에서

자라게 될 거야.

네가 어른이 되어서까지 가난을 원망하며 좌절도 하며

혼자 설움에 힘겨운 생활도 하게 될 거야.

그렇지만 포근하게 감싸주는 엄마의 사랑으로

능력을 키우며 삶의 가치도 알게 된단다.

많은 일을 하게 되면서 바쁘고 고단하면

천천히 걸어가는 방법을 터득하게 될 거야.

만학으로 만난 인연들과 한 길을 걸으며

어린 새싹들에게 사랑과 꿈을 주는 일을 하게 되니

순간순간 "나는 행복하다."라는 탄성을

선물처럼 지르게 될거야.

소중한 아가야!

정도를 걸으며 선한 일을 하고

만족의 노래를 부르며 살아가길 빌어 줄게.

아이들에게 존중과 사랑, 희망을 전달하며

행복을 주는 사람으로 성장하길 기원할게.

'참 성실하게 살았노라.'

감사하며 기뻐하는 삶으로

빛나는 보석이 될 수 있도록 기도할게.

"경자야!

 지금의 너를 보니 어떤 생각이 드니?"

그루터기

성 혜 영

"존재만으로 주변 사람들에게 안정감을 주는
사람이 되길 바란단다."

아가야, 안녕!

눈 코 입 손가락 발가락

특히 귀 모양이 오목조목

정말 예쁘게 자라고 있구나.

마치, 세상의 즐거운 소리를 모두 듣고 있는 것처럼 말이야.

우리 아가의 힘찬 발길질에

할머니는 아들이라는 기대가 컸단다.

아가야,

엄마 뱃속에서 건강하게 잘 지내니?

세상에 나오면 어떤 일을 이루게 될까?

너의 삶 속에서 행복을 주는 건 무엇일까?

사랑을 나누는 삶을 살고 있겠지?

아가야,

너에게 이런 말을 전하게 되어 속상해.

너는 3대 독자 가정의 넷째 딸로 태어난단다.

명절을 빼고 가게를 여는 부지런한 부모님이지만

가정형편은 나아지지 않는구나.

외아들에 대한 기대가 컸던 만큼

네가 바라는 만큼 배움에 대한 도움을 주지 못해

미안하고 속상하단다.

정해진 날에 교육비를 내지 못하기도 하고,

귀앓이를 크게 하게 될 거야.

김이 나는 그릇에 귀를 대고 누웠지만,

아픔은 줄어들지 않고 말이야.

귀앓이가 심할수록 교과서를 더 많이 볼 거야.

그래서 너는 기말시험에서는 '학업성적우수상'을

받게 될 거란다.

어두운 곳 틈새를 뚫고 들어오는 한 줄기 빛처럼

아픔을 이겨내고

이루고 싶은 꿈들이 몽글몽글 생기게 될 거야.

그리고 스스로 공부를 하고 꿈을 조금씩 성취하게 돼.

나의 소중한 아가야,

너의 출생을 진심으로 축하하며 기뻐해.

착한 부모님 그리고 사랑 많은 육남매 가정에 잘 태어났어.

아가야,

존재만으로 주변 사람들에게 안정감을 주는

사람이 되길 바란단다.

불평불만을 말하기보다

너에게 주어진 모든 것에 감사할 줄 알고

사람들에게 휴식을 제공하는

그루터기 같은 사람이 되기를 말이야.

나의 아가야,

나의 혜영아,

너는 그러한 사람이란다.

혜영아, 이 세상 살아가면서 사랑을 나누어 봤니?

혜영아, 어떻게 살면 좋겠니?

혜영아, 행복한 느낌이니?

멘토로 살아갈 너에게

신 경 미

"희망을 잃은 사람들의 마음에 빛을 비추어 주며
선한 영향력을 선사하는 멋진 사람이 될 테니 말이야."

'와, 신기해. 내가 아기를 갖다니…'

아가야, 배 속에서 꼬물꼬물 거리는

네가 태어날 모습을 떠올리면 신기하기만 해.

너는 아마도 해바라기처럼 활짝 웃는 얼굴로

이 세상을 환하게 비출 멋진 사람이 될 것 같아.

너의 삶은 어떤 느낌을 가장 많이 가지게 될까?

이 세상에서 이루고 싶은 것은 무엇일까?

너의 삶에 가장 가치로운 일은 어떻게 찾게 될까?

아가야, 정말 미안해.

너의 엄마, 아빠는 아주 어린 철부지란다.

너를 잘 키우고 돌볼 여력이 없을 거야.

너는 사랑은커녕 축복도 받지 못한 채

양부모에게 입양을 보낼지도 모르겠어.

아마도 이 세상을 사는 동안

너에게 큰 아픔과 상처가 될 수도 있을 거 같아.

사는 내내 평범한 가정을 보면서

네가 얼마나 아프고 힘들까?

나는 벌써부터 눈물이 앞을 가린다.

그렇지만 어떠한 상황에서도 아가야, 나는 너를 꼭 지킬 거야.

항상 너를 소중히 여기고 지키기 위해

애를 쓸 거니까 염려하지마.

아무리 힘든 상황과 역경이 닥치더라도

자신감을 잃지 않고 자존감이 높은 사람으로

성장하기를 바란다.

너는 긍휼함을 알고 어려운 사람들에게 베풀고,

희망을 잃은 사람들의 마음에 빛을 비추어 주며

선한 영향력을 선사하는 멋진 사람이 될 테니 말이야.

엄마, 외할머니, 이모, 그 외의 가족들, 초·중·고·대학 친구들,

학교 선생님들, 직장 동료들과 선후배들까지,

네가 살아가면서 만나게 되는 많은 사람들 모두

네 인생에 큰 선물이야.

너를 있는 그대로 인정하고 사랑하며

너의 멘토가 되어 줄 분들이거든.

아가야, 너의 탄생을 축복해.

이 세상에 태어나 너답게 잘 성장하길 바란다.

너 자신을 사랑하고 하고 싶은 것을 하면서,

원하는 꿈을 이루며

남을 도울 줄 아는 멋진 사람으로 성장하는 너를 기대해.

힘들고 지친 사람들이 시련과 아픔을 극복할 수 있도록

힘과 용기를 전해주는,

그들이 믿고 의지하며 신뢰할 수 있는 멘토로

성장하게 될 거야.

마지막 눈 감는 날까지

"죽어도 여한이 없다."라고 자신있게 말할 수 있는

네가 되길 바라며,

나의 아가이자 나의 존재인 너에게 내 마음을 남겨 본다.

경미야,

너는 지금 후회없는 삶을 살고 있니?

흙으로 돌아가는 그 날에
많이 웃을 수 있기를

이 순 자

"아이들을 좋아하는 마음은 하나님이 주신 선물이란다."

아기야, 발가락을 꼼지락거리고 있구나.

너는 환하게 웃고 있는 것 같구나.

너는 세상을 밝혀줄 것 같은 존재로 느껴지는구나.

아기야, 엄마 배 속에 있으니 답답하지 않니?

지금 넌 무슨 생각을 하고 있니?

너를 통해 무슨 일이 이루어지면 좋을까?

너에게 가장 소중한 사람은 누가 될까?

아기야, 이런 말을 전하게 되어서 미안해.

너의 부모는 가난한 두메산골에 살고,

너는 형제자매가 많은 집 막내로 태어날 거야.

네가 성장하면서 여러 가지 어려움도 있을 테고 말이야.

갖고 싶은 것 가지지 못하고,

하고 싶은 것도 다 못할 수도 있단다.

넌 교복을 입고 학교에 다니는 친구들을 부러워할 수도 있고,

혼자 외로워서 울 수도 있단다.

그 아픔은 네가 어른이 되어서도 줄곧 따라 다니게 될 거야.

아기야, 너무 걱정은 하지 마.

넌 힘들어도, 어려워도 잘 이겨 낼 테니.

꿈을 꾸고 네가 할 수 있는 일을 하게 될 거야.

넌 다시 공부를 시작할 것이고,

좋은 친구들과 좋은 선생님을 만나게 된단다.

그래서 결국 꿈을 이루어 내지.

아기야,

넌 아이들을 좋아하고

아이들과 함께 지내는 것을 좋아하는

선생님이 되고 싶어 할 거야.

아이들을 좋아하는 마음은 하나님이 주신 선물이란다.

아기야,

네가 이 세상에 태어난 것은 축복이란다.

너와 함께 하는 사람들에게

선한 영향력을 끼치는 사람이 되길 응원해.

너의 부지런함과 꾸준함이 다른 사람들에게

희망이 되길 기도할게.

흙으로 돌아가는 그 날,

참 잘 살았다고 고백할 수 있는 네가 되길 바란다.

순자야, 엄마 배 속에 있는 너를 보니

어떤 감정을 많이 느끼게 되니?

순자야, 이 세상 오기 전의 너를 만나 보니

어떤 생각이 드니?

순자야, 꼼지락거리고 있는 너를 보니 누가 생각나니?

너의 마음은 괜찮니?

너의 마음은 편안하니?

많이 웃을 수 있는 날이 왔으면 좋겠어.

다섯,

마지막 시간 앞에서 :
나의 죽음이 말했어요

이 세상에 죽음만큼 확실한 것은 없다.

그런데 사람들은 겨우살이는 준비하면서도

죽음은 준비하지 않는다.

-톨스토이-

그도 나를 안아 주었어요

김 경 난

"나의 천사, 항상 함께해 줘서 정말 고마웠어."

까치가 반가운 소식을 전해줄 것 같은 가을날 오후,

내 꿈을 이룰 수 있도록 도와준 죽음과

우리 집 뒷산 작은 오솔길로 산책하러 나갔어요.

솔솔 불어오는 바람과 포근한 햇살은

산책을 더 즐겁게 해 주었지요.

죽음과 나는 서로를 바라보며 다정히 손을 잡고

걸어가고 있었어요.

저 멀리서,

우리를 쳐다보는 중년의 멋진 남자가 있었어요.

그는 반대편 방향으로 몸을 돌려 걸어갔어요.

아, 그 사람이에요.

"저기요."

나의 부름을 듣지 못했는지 남자는 걸음을 멈추지 않았어요.

"저기요, 저기요."

나는 그를 계속 부르며 그에게로 갔어요.

"네? 저 말인가요?"

남자는 휘둥그레진 눈과 떨리는 목소리로 답했어요.

"당신은 멋진 사람이에요.

 나에게 많은 용기를 주었고 사랑을 준 고마운 사람이에요.

 당신이 있어 여기까지 올 수 있었어요.

 나의 삶을 당신과 함께 할 수 있어 너무 행복했어요.

 정말 감사합니다."

아무 말 하지 않고 조용히 나를 바라보는 그였어요.

나는 용기를 내어 그를 꼭 안았어요.

"나를 잘 이해해 주어 정말 고마웠어요."

조용히 바라보던 그도 나를 안아 주었어요.

"수고했어.

 그동안 고생 많았어.

 나의 천사, 항상 함께해 줘서 정말 고마웠어."

그의 따스함이 나에게 말하는 것 같았어요.

죽음은,

그와 나를 바라보며 흐뭇한 미소를 지었어요.

그리고 이렇게 말했어요.

"정말 잘 살아왔구나.

그동안 참 많이 힘들었지?

그래도 행복한 순간들이 많았을 거야.

여기까지 오느라 수고 많았어.

이젠 편히 쉬어."

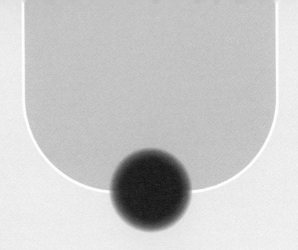

지그시 그리고 훨훨

박 경 자

"나눔의 생을 살다 가신 엄마가 훌륭하니 네가 엄마를 닮았구나."

나의 하루하루를 감사하며 성실하게 살게 도와준

죽음과 함께 앞동산에 올라갔어요.

어느새 노을이 나뭇가지 끝을 태우며

멋진 해넘이를 연출하고 있었지요.

잠시 후 찾아올 어둠을 잊어버린 듯

평온하고 아늑한 저녁 동녘 하늘엔

둥근 보름달이 순찰을 하려고 얼굴을 내밀고 있었어요.

갑자기 산허리를 뚫고 나온 듯,

한복을 곱게 차려입은 여자가 걸어오는 모습이 보였어요.

하얀 한복을 입은 정갈한 모습이 어찌나 익숙하던지요.

"엄마, 어무이!"

반가움에 큰소리로 외쳤어요. 눈물이 마구 나왔어요.

나는 두 팔을 벌리고 그 여자에게 뛰어갔어요.

하지만 여자는 자신의 곁에 선 나를 보고도

대답 없이 그저 흐릿한 자태로

미소를 짓고 있었어요.

"엄마, 정말 보고 싶었어요.

새벽마다 기도했어요.

눈뜨기 전 젖 떨어진 아기처럼 꿈속에라도 보게 해 달라고요.
어머이."

내 가슴속 어머니는 긴 세월 가난을 베개 삼아 살아오면서도

역정이나 구김을 보이지 않으셨어요.

겨울이면 동네 사람들 뜨개질을 가르치고

멀고 큰 산까지 땔감 하러 앞장서서

달구지를 메고 끌기도 하셨지요.

식량이 귀했던 그 시절,

한방 가득하던 고구마는 한겨울 이내 동이 나고

무나 배추 시래기 등으로라도 따시게 겨울을 견디게 하는

나눔과 베푸는 삶을 살다 가셨지요.

든든하고 단단하던 어머니와 나는

제대로 함께 살아본 기억이 없어요.

갑자기 하나님 품에 안기신 어머니가 그 여자 같아

하소연하는 마음으로 알리기 시작하였어요.

안쓰럽고 서글프다는 생각만 하다

가슴 속 깊은 곳 애달픈 무게를 후련하게 풀어내었어요.

그 여자는 공감하는 듯 여전히 조용히 미소를 보내며

희뿌옇고 은은한 광채를 보내 주었어요.

"엄마, 사랑합니다.

엄마의 삶은 제가 우러러보는 가장 훌륭한 삶의 본보기였어요.

존경합니다. 엄마."

나의 콧물 묻은 넋두리에도 그저 웃고 있는 백치 같은 여자였

어요.

"어무이, 고구마 먹기 싫다고 짜증 부려 미안했어요."

동네 사람들 다 해 먹이지 말고 나 밥 좀 해 주란 투정을

엄청나게 부렸던 철없던 기억을 반성하며 통곡했어요.

여자는 선명하게 인자하게 나에게 품을 내어주었어요.

축축한 눈가를 닦으며

마음에 가득 찼던 어머니에 대한

미안함, 안타까움, 죄송스러움을 담아 꼭 포옹하였어요.

죽음이 빙그레 웃으며 나의 어깨를 다독여주며

조용히 말해 주었어요.

"성실하게 바르게 잘 살아왔었네. 따뜻한 나의 친구야.

 나눔의 생을 살다 가신 엄마가 훌륭하니 네가 엄마를 닮았구나.

 사회에 필요한 사람으로 잘 살아내고 엄마를 찾으니

 엄마의 마음도 평안해지셨을 것이다."

어느새 만추의 노을은 지그시 눈을 감고 있었어요.

경자는 자신의 몸을 떠나며 마지막 인사를 건넸어요.

'소중하고 알뜰살뜰하게 그리고 평온히 살다

 엄마와 다시 함께 할 내 인생!

 오늘도 내일도 변함없이 훨훨 갈매기같이

 자유롭게 날아다니려고 먼저 갑니다.'

기쁨으로 맞이할 죽음 친구를 기다리며.

2025년 1월 17일 박경자

함박웃음

성 혜 영

"부드러운 살갗, 따스한 온기에 오빠가 더 그리워졌다."

내 삶의 추억인 죽음과 함께

해질 무렵 앞마당 앞에 서 있어요.

벚나무의 벚꽃이 바람결을 따라 날리네요.

따뜻한 저녁을 한술 뜨고,

온돌 방바닥에 누워,

구름무늬 벽지의 천장을 보다가 눈꺼풀이 내려와요.

문밖 웅성거림에 다시금 눈을 떴어요.

나가보니,

벚나무 너머 자존감이 강하고

어떤 시련에도 부러지지 않을 것 같은 모습의 어른이 보였어요.

흰 머리카락과 빠진 이로

정의로움과 당위성에 대해 열변을 토하는 어른.

나의 오빠와 닮아 있었어요.

당당하게 이야기하던 그와 눈인사를 하고

그가 궁금해서 가까이 다가갔어요.

"안녕하세요?" 그에게 낮은 목소리로 인사를 건넸어요.

"안녕하세요? 저녁했어요?"

당찬 목소리로 답을 하는 그였어요.

나는 "네." 하고 짧게 대답했어요.

"당신은 정이 많은 사람이에요."

내 오빠와 닮은 그에게,

내 손에 인절미를 나눠준 그에게 말했어요.

"당신, 내 오빠를 참 많이 닮았어요.

 그래서 당신에게 편히 내 마음을 이야기하고 싶어요.

 괜찮을까요?"

그는 벚꽃같은 미소를 보이며 고개를 끄덕였어요.

"우리 오빠를 만나게 되면 꼭 하고픈 이야기가 있었어요.

 좀 더 나이 들고 힘들어지면 나의 보탬으로

 작은 언니와 함께 덜 힘겹고 더 행복하게

 살아가 주길 바란다고요."

나도 모르게 그의 두 손을 잡았어요.

부드러운 살갗, 따스한 온기에 오빠가 더 그리워졌어요.

죽음은 맞은편에 서서

그와 내가 이야기 나누는 것을 바라보고 있었어요.

어느새 나에게 성큼 다가온 죽음은

함박웃음을 띤 얼굴로 말했어요.

"당신은 부끄럽지 않게 잘 살아왔군요. 수고했어요."

그리고는 큰 팔로 나를 안고 토닥였어요.

내 삶의 추억인 죽음의 품 속에서

고달팠던 생의 구간을 위로받으며 눈물을 흘렸어요.

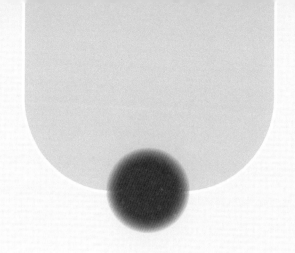

그리고 행복했어요

신 경 미

"내가 사는 동안 너희들을 사랑하지 않은 적이
한순간도 없었다는 것을 꼭 말해주고 싶었어."

한가로운 휴일 낮, 소중함을 일깨워 준 죽음과 단둘이
별장 앞마당 벤치에 앉아 있었어요.

따사로운 햇살 아래 잔잔한 호수를 바라보고 있는 나는
잔에 채워진 와인을 한 모금 마시며
빙그레 미소를 짓고 있었죠.

조금 멀리,
키가 훤칠하고 잘생긴 중년의 남자와
학자 느낌이 물씬 풍기는 동그란 안경을 쓴 중년의 여자가
꽃을 한 아름 안고 나란히 호숫가를 걷고 있는
모습이 보였어요.

"저기요, 여기엔 무슨 일로 오신 거죠?"
나는 손짓을 하며 그들에게 물었어요.
"네, 저희는 어머니와의 추억을 생각하며
 여행을 하고 있습니다."
"아, 그러시군요. 실례가 되지 않는다면 들어오셔서

차 한 잔 하실래요?"

나는 그들과 같은 공간에서 같은 시간을 만들게 되었어요.

"당신들을 보니 제 아들과 딸이 떠오르는군요.

 저도 당신들과 같은 아들과 딸이 있답니다.

 훤칠한 키에 서글서글한 눈매를 가진 아들과

 여리지만 똘똘하고 착하디 착한 딸입니다.

 제 아이들에게 하고 싶은 말이 있는데 좀 들어주시겠어요?"

남자와 여자는 따스한 햇살을 닮은 미소와 함께

고개를 끄덕였어요.

"그동안 제가 힘들어서 감히 건네지 못한 말이 있답니다.

 어른도 감당하지 못할 큰 아픔을

 그 어린 나이에 감당하게 해서 미안하다고,

 엄마와 함께 했던 행복한 시간만을 간직하며

 이 엄마를 추억해 주면 좋겠다는 말을 꼭 전하고 싶어요.

 누가 뭐래도 나의 소중한 사람들,

 나는 너희들을 정말 사랑한단다.

나는 너희들보다 내가 더 힘들다고 생각했었어.

하지만 너희들이 더 힘들었다는 것을

이제야 알게 되어 정말 미안하다.

그리고 내가 사는 동안 너희들을 사랑하지 않은 적이

한순간도 없었다는 것을 꼭 말해주고 싶었어."

나의 이야기를 듣고 있던 그들이 나를 꼭 안아주었어요.

나도 모르게 그들을 부둥켜안고

뜨거운 눈물을 흘렸어요.

그리고 행복했어요.

죽음은 팔짱을 끼고 흐뭇한 표정으로

우리 셋을 지긋이 바라보고 있었답니다.

그리고 죽음은 박수를 치며 나에게 다가와 말했어요.

"드디어 말했구나. 후련하지? 잘 했어.

너니까 살아낸 거야.

지금까지 잘 살아온 너를 네 자신이 충분히 이해해 주렴.

수고했어."

모든 것이 완벽한 오늘이었답니다.

손을 흔들며

이 순 자

"당신은 다정한 분이셨고 제가 존경하는 분입니다."

나의 행복을 찾아준 죽음과 오솔길을 걷고 있었어요.

그동안 보이지 않았던 작은 풀잎들이

나무 사이로 들어온 햇볕에 비춰서 내 눈으로 들어왔지요.

"어머나! 연두색 풀잎들이 참 예쁘네."

낮은 산에서 불어오는 신선한 바람에

마음속까지 시원해졌지요.

하늘 구름 또한 오늘을 아름답게 만들어 주고 있었어요.

허리가 조금 구부정한 사람이 땅을 보며

힘겹게 걸어오고 있었어요.

아, 그 분이었어요.

나는 빠른 걸음으로 다가가 인사를 했지요.

"안녕하세요?"

그 사람은 다리가 불편하신지, 바로 나를 쳐다보지 못하고

휘청거리며 걸음을 멈추었어요.

그리고 아주 작은 목소리로 말했어요.

"누구세요?"

나는 작은 풀잎을 닮은 표정과 함께 대답했어요.

"당신은 저에게 참 고마운 분입니다.

 당신은 다정한 분이셨고 제가 존경하는 분입니다."

"아…."

그는 내가 누구인지 알아보는 듯한 짧은 감탄사를 뱉었어요.

그 사람의 눈에도, 나의 눈에도 이슬이 맺혔지요.

나는 조용히 그 사람의 뒤로 가서 안아드렸어요.

그리고 어깨를 토닥토닥 해드렸어요.

그 사람의 등과 나의 가슴에는 따뜻한 온기가

느껴지고 있었어요.

아무리 어렵고 힘든 상황에서도 포기하지 않으셨던 그 사람,

고된 농사일도 굳건하게 해내셨던 그 사람,

자식 사랑이 깊어서 눈물이 많으셨던 그 사람은

나의 엄마입니다.

죽음은,

멀리서 나와 엄마를 한참동안 쳐다 보고 있었지요.

이제 곧 헤어져야 할 시간임을 알게 되었어요.

죽음은 나에게 가까이 다가왔어요.

그리고 천천히 말했어요.

"그래, 여기까지 잘 살았구나."

나는 손을 흔들며 엄마를 보내드렸어요.

"엄마, 하늘에서 다시 만나는 날까지 편안하세요."

아침밥 대신

일요일 아침 늦잠을 잔다

점심밥 대신

동네 한 바퀴 돌아 점심 맛집을 찾아간다

저녁밥 대신

해질녘 저녁노을 위에 어린 날의 추억을 그린다

　　　　　−이영애의 시 〈엄마의 자유〉 중에서−

저자 소개

김 경 난

내 마음을 향한 말 :
현재의 삶에 감사하며 항상 보답하자.

마음 단어 그리고 걸어온 길 :
협업.

어린이집 원장.

부산 서구 민간 어린이집 회장 역임.

세계사이버대학사회복지과 겸임교수 역임.

가족사랑행복이음 서구지부장.

평화통일 자문회의 위원.

부산 서구 새마을 부녀회 부녀회장.

박 경 자

내 마음을 향한 말 :

새벽에 떠 있는 달이 더 밝을 수도 있다.

마음 단어 그리고 걸어온 길 :

성실. 바른 생활.

부산 사하구 공공형 드림어린이집 운영 중.

《마음 부자》외 1권의 공저 출간.

성 혜 영

내 마음을 향한 말 :

진정성있게 잘 살아왔어.

화초가 되기보다 들판의 잡초가 되자.

마음 단어 그리고 걸어온 길 :

인내. 신뢰.

부산 강서구 국공립 어린이집 원장.

감정코칭 강사.

경력단절여성직업교육 훈련원 등 다문화 이해 강사.

우수어린이집 표창장.

(사)아이들의 정원 연구회원.

부산곰두리봉사회 이사.

신 경 미

내 마음을 향한 말 :

지금까지 잘 살아 온 나를 안아주고 사랑하련다.

마음 단어 그리고 걸어온 길 :

긍정, 자신감, 사명감

부산 강서구 국공립 어린이집 원장.

동아대학교 휴먼라이프리서치센터 특별연구원.

《영유아수학교육》,《마음 부자》공저 출간.

동아대학교 겸임교수 역임, 영산대학교 초빙교수 역임.

부산여자대학교, 김해대학교 외 유아교육 관련 강의 13년.

다문화 부모코칭 및 부부교육 6년.

다문화강사 양성과정 컨설팅 5년.

바우처 제공기관 센터장 및 컨설팅 5년.

아이돌보미 보수교육, 조부모 교육 강사 활동.

이 순 자

내 마음을 향한 말 :
도전하는 삶을 살아내기 위해 변화에 주저하지 않았다.

마음 단어 그리고 걸어온 길 :
열정. 성실.

어린이집 원장.

작가.

《엄마라는 이름의 정원》 개인 저서 출간.

《인생은 선물입니다》, 《마음 부자》 공저 출간.

부산 공공형 어린이집 연합회장 및 전국 공공형어린이집 연

합회 부회장 역임.

부산디지털대학교 아동학과교수 역임.